AF481868

HET SPEL VAN RAT & DRAAK

CORDWAINER SMITH

SF

Dit ebook is het product van vele uren hard werken door redacteur Goran Lowie voor Speculatief Magazine, en bouwt voort op het harde werk van andere literatuurliefhebbers, mogelijk gemaakt door het publieke domein.

Speculatief Magazine is een gratis online magazine van speculatieve verhalen en gedichten. Het publiceert heel wat Hugo, Nebula en Locus bekroonde werken helemaal gratis online. Lees je graag science-fiction en fantasy? Bezoek dan zeker www.speculatief.be en lees onze verhalen! Je kan de uitgaven ook verkrijgen op Amazon of andere boekenwinkels.

Ebook gemaakt door Goran Lowie met behulp van Sigil.

www.speculatief.be

Het Spel van Rat en Draak

door Cordwainer Smith

Vertaald door Goran Lowie

1.De tafel

Flipperen is een verdomd goede manier om de kost te verdienen. Underhill was woedend toen hij de deur achter zich sloot. Het had niet veel zin om een uniform te dragen en er als een soldaat uit te zien als de mensen niet waardeerden wat je deed.

Hij ging in zijn stoel zitten, legde zijn hoofd achterover in de hoofdsteun en trok de helm over zijn voorhoofd.

Terwijl hij wachtte tot de flipperset was opgewarmd herinnerde hij zich het meisje in de buitenste gang. Ze had er naar gekeken en hem toen minachtend aangekeken.

"Miauw." Dat was alles wat ze had gezegd. Toch had het hem als een mes gesneden.

Wat dacht ze dat hij was - een dwaas, een lanterfanter, een geüniformeerde non-entiteit? Wist ze dan niet dat hij voor elk halfuur dat hij flipperde, minstens twee maanden herstel in het ziekenhuis kreeg?

De set was inmiddels warm geworden. Hij voelde de vierkanten van de ruimte om zich heen, voelde zich in het midden van een immens raster, een kubusvormig raster, vol met niets. In dat niets voelde hij de holle, pijnlijke verschrikking van de ruimte zelf en voelde hij de vreselijke angst die zijn geest voelde telkens wanneer hij het vaagste spoor van levenloze stof tegenkwam.

Terwijl hij zich ontspande drong de troostende stevigheid van de zon, het uurwerk van de vertrouwde planeten en de maan tot hem door. Ons eigen zonnestelsel was even charmant en eenvoudig als een oude koekoeksklok, gevuld met vertrouwd getik en met geruststellende geluiden. De vreemde kleine manen van Mars slingerden rond hun planeet als verwoede muizen, maar hun regelmaat was zelf een verzekering dat alles goed was. Ver boven het vlak van de ecliptica kon hij een halve ton stof voelen dat min of meer buiten de banen van het menselijk reizen dreef.

Hier was er niets om tegen te vechten, niets om de geest uit te dagen, om de levende ziel uit een lichaam te rukken waarvan de wortels druipen in effluvium zo tastbaar als bloed.

Niets bewoog ooit in het zonnestelsel. Hij kon de flipperset voor altijd dragen en niets meer zijn dan een soort telepathische astronoom, een man die de hete, warme bescherming van de zon kon voelen kloppen en branden tegen zijn levende geest.

Woodley kwam binnen.

"Dezelfde oude tikkende wereld," zei Underhill. "Niets te melden. Geen wonder dat ze de flipperset pas ontwikkelden toen ze begonnen met planoform. Hier beneden, met de hete zon om ons heen, voelt het zo goed en zo stil. Je voelt alles draaien en keren. Het is mooi en scherp en compact. Het is net alsof je thuis zit."

Woodley gromde. Hij had het niet zo op fantasieën.

Niet afgeschrikt ging Underhill verder: "Het moet fijn zijn geweest om een oude man te zijn geweest. Ik vraag me af waarom ze hun wereld in brand staken met oorlog. Ze hoefden niet te planoformen. Ze hoefden er niet op uit te gaan om hun brood te verdienen tussen de sterren. Ze hoefden de ratten niet te ontwijken of het spel te spelen. Ze konden het flipperen niet hebben uitgevonden omdat ze er geen behoefte aan hadden, toch, Woodley?

Woodley gromde: "Uh-huh." Woodley was zesentwintig jaar oud en zou over een jaar met pensioen gaan. Hij had al een boerderij uitgezocht. Tien jaar hard werken had hij met de besten doorstaan. Hij was gezond gebleven door niet al te veel aan zijn werk te denken, de druk van de taak op te vangen wanneer hij die moest opvangen en nergens meer aan te denken tot de volgende noodsituatie zich voordeed.

Woodley maakte er nooit een punt van populair te worden bij de vennoten. Geen van de vennoten mocht hem erg graag. Sommigen namen hem zelfs iets kwalijk. Hij werd ervan verdacht bij gelegenheid lelijke gedachten over de vennoten te hebben, maar omdat geen van de vennoten ooit een klacht in gearticuleerde vorm had geuit, lieten de andere flippers en de leiders van de Instrumentaliteit hem met rust.

Underhill was nog steeds vol van het wonder van hun werk. Vrolijk brabbelde hij verder, "Wat gebeurt er met ons als we planoformen? Denk je dat het zoiets is als doodgaan? Heb je ooit iemand gezien wiens ziel eruit werd getrokken?"

"Zielen trekken is gewoon een manier om erover te praten," zei Woodley. "Na al die jaren weet niemand meer of we een ziel hebben of niet."

"Maar ik heb er ooit een gezien. Ik zag hoe Dogwood eruitzag toen hij uit elkaar kwam. Er was iets vreemds. Het zag er nat en kleverig uit, alsof het bloedde en het ging uit hem en weet je wat ze met Dogwood deden? Ze brachten hem weg, naar dat deel van het ziekenhuis waar jij en ik nooit komen, naar het bovenste deel waar de anderen zijn, waar de anderen altijd heen moeten als ze nog leven nadat de ratten van de op-en-top hen te pakken hebben gekregen."

Woodley ging zitten en stak een oude pijp aan. Hij brandde er iets in dat tabak heette. Het was een smerig soort gewoonte, maar het maakte hem erg onstuimig en avontuurlijk.

"Kijk hier, jochie. Je hoeft je geen zorgen te maken over dat spul. Flipperen wordt steeds beter. De partners worden steeds beter. Ik heb ze twee ratten zesenveertig miljoen mijl van elkaar zien flipperen in anderhalve milliseconde. Zolang mensen moesten proberen om de flippersets zelf te bedienen, was er altijd de kans dat met een minimum van vierhonderd milliseconden voor de menselijke geest om een flipper in te stellen, we de ratten niet snel genoeg zouden verlichten om onze planoformende schepen te beschermen. De partners hebben dat allemaal veranderd. Als ze eenmaal op gang zijn, zijn ze sneller dan ratten. En dat zullen ze altijd zijn. Ik weet dat het niet makkelijk is, een partner je gedachten laten delen--"

"Het is voor hen ook niet makkelijk," zei Underhill.

"Maak je geen zorgen over hun. Ze zijn niet menselijk. Laat ze voor hun eigen zorgen. Ik heb meer flipperen gek zien worden van het rotzooien met partners dan ik ooit door de ratten gevangen heb zien worden. Hoeveel ken je er eigenlijk die door ratten zijn gegrepen?"

Underhill keek omlaag naar zijn vingers, die groen en paars glinsterden in het felle licht van de afgestemde flipperset, en telde de schepen. De duim voor de Andromeda, verloren met bemanning en passagiers, de wijsvinger en de middelvinger voor de vrijgegeven schepen 43 en 56, gevonden met hun flippersets doorgebrand en alle mannen, vrouwen en kinderen aan boord dood of krankzinnig. De ringvinger, de pink en de duim van de andere hand waren de eerste drie slagschepen die verloren gingen aan de ratten - verloren toen de mensen zich realiseerden dat er iets was onder de ruimte zelf dat levend, grillig en boosaardig was.

Planoformen was wel grappig. Het voelde als

Als niets bijzonders.

Als de steek van een lichte elektrische schok.

Als de pijn van een zere tand waar voor het eerst op gebeten wordt.

Als een licht pijnlijke lichtflits tegen de ogen.

Maar in die tijd verdween een schip van veertigduizend ton dat zich boven de aarde bevond op de een of andere manier in twee dimensies en verscheen een half lichtjaar of vijftig lichtjaren verder.

Het ene moment zat hij in de gevechtskamer, de flipperset klaar en het vertrouwde zonnestelsel tikte rond in zijn hoofd. Voor een seconde of een jaar (hij kon nooit zeggen hoe lang het werkelijk was, subjectief) ging het grappige flitsje door hem heen en dan was hij los in de op-en-neer, de verschrikkelijke open ruimte tussen de sterren, waar de sterren zelf aanvoelden als pukkels op zijn telepathische geest en de planeten te ver weg waren om waargenomen of gelezen te kunnen worden.

Ergens in deze ruimte wachtte een gruwelijke dood, dood en verschrikking van een soort die de mens nog nooit was tegengekomen totdat hij zich uitstrekte naar de interstellaire ruimte zelf. Blijkbaar hield het licht van de zon de draken weg.

Draken. Zo noemde men ze. Voor gewone mensen was er niets, niets behalve de huivering van planoforming en de mokerslag van een plotselinge dood of de donkere spastische toon van waanzin die in hun geest neerdaalde.

Maar voor de telepaten waren het draken.

In de fractie van een seconde tussen het besef van de telepaten van een vijandig iets in het zwarte, holle niets van de ruimte en de impact van een woeste, vernietigende psychische klap op alle levende wezens binnen het schip, hadden de telepaten entiteiten waargenomen die leken op de draken van de oude menselijke overlevering, beesten slimmer dan beesten, demonen tastbaarder dan demonen, hongerige draaikolken van levendigheid en haat samengesteld door onbekende middelen uit de ijle, ijle materie tussen de sterren.

Er was een overlevend schip nodig om het nieuws terug te brengen - een schip waarop, door puur toeval, een telepaat een lichtstraal klaar had, die het op het onschuldige stof richtte, zodat, binnen het panorama van zijn geest, de draak in het niets oploste en de andere passagiers, zelf niet telepathisch, hun weg vervolgden zonder te beseffen dat hun eigen onmiddellijke dood was afgewend.

Vanaf dat moment was het gemakkelijk - bijna.

Planoformende schepen hadden altijd telepaten aan boord. Telepaten hadden hun gevoeligheid vergroot tot een immens bereik door de flippersets, die telepathische versterkers waren, aangepast aan de geest van het zoogdier. De flippersets waren op hun beurt elektronisch afgestemd op kleine zeppelin-lichtbommen. Licht deed het.

Licht brak de draken, liet de schepen zich driedimensionaal hervormen, hop, hop, terwijl ze van ster naar ster bewogen.

De kansen daalden plotseling van honderd tegen één tegen de mensheid tot zestig tegen veertig in het voordeel van de mensheid.

Dit was niet genoeg. De telepaten werden opgeleid om ultrasensitief te worden, opgeleid om zich bewust te worden van de draken in minder dan een milliseconde.

Maar men ontdekte dat de draken zich een miljoen mijl konden verplaatsen in iets minder dan twee milliseconden en dat dit niet genoeg was voor de menselijke geest om de lichtstralen te activeren.

Men had geprobeerd om de schepen steeds in licht te hullen. Deze verdediging raakte uitgeput.

Terwijl de mensheid de draken leerde kennen, leerden de draken blijkbaar ook de mensheid kennen. Op de een of andere manier vlakten ze hun eigen massa af en kwamen ze zeer snel in extreem vlakke banen.

Er was intens licht nodig, licht van een zonachtige intensiteit. Dit kon alleen worden geleverd door lichtbommen. Flipperen ontstond.

Flipperen bestond uit het tot ontploffing brengen van ultra-levendige miniatuur fotonucleaire bommen, die een paar ons van een magnesiumisotoop omzetten in pure zichtbare straling.

De kansen werden steeds kleiner in het voordeel van de mensheid, maar er gingen schepen verloren.

Het werd zo erg dat men de schepen niet eens meer wilde vinden omdat de redders wisten wat ze zouden zien. Het was triest om driehonderd lichamen naar de aarde terug te brengen, klaar om begraven te worden, en tweehonderd of driehonderd krankzinnigen, onherstelbaar beschadigd, om wakker gemaakt te worden, en gevoed, en schoongemaakt, en in slaap gebracht, weer wakker gemaakt en gevoed tot hun leven voorbij was.

Telepaten probeerden door te dringen tot de geesten van de psychoten die door de draken waren beschadigd, maar zij vonden daar niets anders dan levendige spuitende zuilen van vurige terreur die uit het primordiale id zelf barstten, de vulkanische bron van het leven.

Toen kwamen de partners.

Man en partner konden samen doen wat de mens alleen niet kon. Mannen hadden het intellect. Partners hadden de snelheid.

De partners bestuurden hun kleine vaartuigen, niet groter dan voetballen, buiten de ruimteschepen. Ze maakten plannen met de schepen. Zij reden naast hen in hun zes pond wegende vaartuigen klaar om aan te vallen.

De kleine schepen van de partners waren snel. Elk droeg een dozijn flippers, bommen niet groter dan vingerhoedjes.

De flipperaars wierpen de partners - letterlijk gooiend - door middel van geest-naar-vuur relais rechtstreeks naar de draken.

Wat voor de menselijke geest draken leken, verschenen in de vorm van gigantische ratten in de geest van de partners.

In het meedogenloze niets van de ruimte, reageerden de geesten van de partners op een instinct zo oud als het leven. De partners vielen aan, met een snelheid sneller dan die van de mens, van aanval tot aanval, tot de ratten of zijzelf vernietigd waren. Bijna altijd waren het de partners die wonnen.

Met de veiligheid van de interstellaire hop, hop van de schepen nam de handel immens toe, steeg de bevolking van alle kolonies, en nam de vraag naar getrainde partners toe.

Underhill en Woodley maakten deel uit van de derde generatie flipperaars en toch leek het voor hen alsof hun ambacht eeuwig had standgehouden.

Ruimte in de geesten brengen door middel van de flippersets, de partners aan die geesten toevoegen, de geesten klaarstomen voor de spanning van een gevecht waarvan alles afhing - dit was meer dan de menselijke synapsen lang konden verdragen. Underhill had zijn twee maanden rust nodig na een half uur vechten.

Woodley had zijn pensioen nodig na tien jaar dienst. Ze waren jong. Ze waren goed. Maar ze hadden beperkingen.

Zoveel hing af van de keuze van de partners, zoveel van het geluk van wie wie trok.

* * * *

2. De Shuffle

Pater Moontree en het kleine meisje genaamd West kwamen de kamer binnen. Zij waren de andere twee flipperaars. De menselijke bemanning van de Vechtkamer was nu compleet.

Pater Moontree was een man van vijfenveertig met een rood gezicht, die het rustige leven van een boer had geleid tot hij zijn veertigste jaar had bereikt. Pas toen, laat in het jaar, ontdekten de autoriteiten dat hij telepathisch was en stemden toe dat hij op late leeftijd de carrière van flipperaar mocht beginnen. Hij deed het goed, maar hij was stokoud voor dit soort werk.

Pater Moontree keek naar de sombere Woodley en de peinzende Underhill. "Hoe gaat het vandaag met de jongeren? Klaar voor een goed gevecht?

"Pater wil altijd een gevecht," giechelde het kleine meisje dat West heette. Ze was zo'n klein meisje. Haar gegiechel was hoog en kinderlijk. Ze zag eruit als de laatste persoon in de wereld die je zou verwachten in het ruwe, scherpe duelleren van flipperen.

Underhill had zich een keer geamuseerd toen hij merkte dat een van de meest trage partners blij was geworden door het contact met de geest van het meisje dat West heette.

Gewoonlijk trokken de partners zich weinig aan van de menselijke geesten met wie ze voor de reis waren gekoppeld. De partners leken ervan uit te gaan dat menselijke geesten toch al complex en onvoorstelbaar vervuild waren. Geen enkele partner trok ooit de superioriteit van de menselijke geest in twijfel, hoewel maar weinig partners erg onder de indruk waren van die superioriteit.

De partners mochten mensen wel. Ze waren bereid met hen te vechten. Ze waren zelfs bereid om voor hen te sterven. Maar als een partner een persoon mocht, zoals bijvoorbeeld kapitein Wauw of Vrouwe May Underhill mochten, had dat niets te maken met intellect. Het was een kwestie van temperament, van gevoel.

Underhill wist heel goed dat kapitein Wauw zijn hersenen als onnozel beschouwde. Wat Kapitein Wauw leuk vond was de vriendelijke emotionele structuur van Underhill, de vrolijkheid en de glinstering van boosaardig amusement die door Underhill's onbewuste gedachtepatronen schoten, en de vrolijkheid waarmee Underhill gevaar tegemoet trad. De woorden, de geschiedenisboeken, de ideeën, de wetenschap - Underhill kon dat alles in zijn eigen geest voelen, teruggekaatst door kapitein Wauw's geest, als zo veel onzin.

Juffrouw West keek Underhill aan. "Ik wed dat je stijfsel op de stenen hebt gesmeerd.

"Dat heb ik niet gedaan.

Underhill voelde zijn oren rood worden van schaamte. Tijdens zijn noviciaat had hij geprobeerd vals te spelen in de loterij omdat hij dol was geworden op een speciale partner, een mooie jonge moeder genaamd Murr. Het was zoveel gemakkelijker om met Murr te werken en zij was zo aanhankelijk tegen hem dat hij vergat dat flipperen hard werken was en dat hij niet de opdracht had gekregen om een leuke tijd met zijn partner te hebben. Ze waren beiden ontworpen en voorbereid om samen een dodelijke strijd aan te gaan.

Eén keer valsspelen was genoeg geweest. Ze hadden het ontdekt en hij werd jarenlang uitgelachen.

Pater Moontree pakte de imitatieleren beker en schudde met de stenen dobbelstenen die hen hun partners voor de reis toewezen. Volgens de oudere rechten trok hij als eerste.

Hij grimaste. Hij had een gulzig oud karakter getekend, een taai oud mannetje wiens geest vol zat met kwijlende gedachten aan voedsel, ware oceanen vol half bedorven vis. Pater Moontree had eens gezegd dat hij wekenlang levertraan boerde na het tekenen van die veelvraat, zo sterk had het telepathische beeld van vis zich op zijn geest geprent. Toch was de veelvraat zowel een veelvraat van gevaar als van vis. Hij had drieënzestig draken gedood, meer dan enige andere partner in de dienst, en was letterlijk zijn gewicht in goud waard.

Het kleine meisje West kwam als volgende. Zij tekende kapitein Wauw. Toen ze zag wie het was, glimlachte ze.

"Ik vind hem leuk," zei ze. "Hij is zo leuk om mee te vechten. Hij voelt zo leuk en knuffelig in mijn gedachten."

"Knuffelig, hel," zei Woodley. "Ik ben ook in zijn gedachten geweest. Het is de meest vrolijke geest in dit schip, zonder uitzondering."

"Nare man," zei het kleine meisje. Ze zei het zonder verwijten.

Underhill, die haar aankeek, huiverde.

Hij begreep niet hoe ze kapitein Wauw zo rustig kon opvatten. Kapitein Wauw's geest kon wel vrolijk zijn. Als Kapitein Wauw opgewonden raakte midden in een gevecht, kwamen verwarde beelden van draken, dodelijke ratten, weelderige bedden, de geur van vis en de schok van de ruimte allemaal samen in zijn geest en hij en Kapitein Wauw, hun bewustzijn verbonden door de flipperset, werden een fantastische compositie van mens en Perzische kat.

Dat is het probleem met het werken met katten, dacht Underhill. Het is jammer dat nergens anders iets als partner kan dienen. Katten waren in orde als je eenmaal telepathisch met ze in contact kwam. Ze waren slim genoeg om aan de behoeften van het gevecht te voldoen, maar hun motieven en verlangens waren zeker anders dan die van mensen.

Ze waren vriendelijk genoeg zolang je ze tastbare beelden voorhield, maar hun geesten sloten zich en vielen in slaap als je Shakespeare of Colegrove voordroeg, of als je ze probeerde te vertellen wat de ruimte was.

Het was wel grappig te beseffen dat de partners die hier in de ruimte zo grimmig en volwassen waren, dezelfde schattige diertjes waren die de mensen duizenden jaren lang op aarde als huisdier hadden gebruikt. Hij had zichzelf meer dan eens voor schut gezet toen hij op

de grond doodgewone niet-telepathische katten groette omdat hij
even vergeten was dat het geen partners waren.

Hij pakte de beker op en schudde zijn stenen dobbelstenen uit. Hij
had geluk, hij trok Vrouwe May.

Vrouwe May was de meest bedachtzame partner die hij ooit had
ontmoet. In haar had de fijn gefokte stamboomgeest van een
Perzische kat een van zijn hoogste pieken van ontwikkeling bereikt.
Ze was complexer dan welke menselijke vrouw ook, maar de
complexiteit was er een van emoties, geheugen, hoop, en
gedifferentieerde ervaring - ervaring uitgezocht zonder het voordeel
van woorden.

Toen hij voor het eerst in contact kwam met haar geest, was hij
verbaasd over de helderheid ervan. Met haar herinnerde hij zich
haar kittentijd. Hij herinnerde zich elke paringservaring die ze ooit
had gehad. Hij zag in een half-herkenbare galerij alle andere
flipperaars met wie ze was gekoppeld voor het gevecht. En hij zag
zichzelf stralend, vrolijk en begeerlijk.

Hij dacht zelfs de rand van een verlangen op te vangen.

Een zeer vleiende en verlangende gedachte: Wat jammer dat hij
geen kat is.

Woodley raapte de laatste steen op. Hij kreeg wat hij verdiende, een
norse, oude kater zonder de geestdrift van kapitein Wauw.
Woodley's partner was de meest dierlijke van alle katten op het
schip, een laag, brutaal type met een saaie geest. Zelfs telepathie
had zijn karakter niet verfijnd. Zijn oren waren half afgebeten van de
eerste gevechten waaraan hij had deelgenomen. Hij was een
dienstbare vechter, meer niet.

Woodley gromde.

Underhill wierp hem een vreemde blik toe. Deed Woodley nooit iets
anders dan grommen?

Pater Moontree keek naar de andere drie. "Jullie kunnen net zo goed nu jullie partners halen. Ik zal de scanner laten weten dat we klaar zijn voor de op-en-neer."

* * * *

3. De Deal

Underhill draaide het combinatieslot op de kooi van Vrouwe May. Hij maakte haar zachtjes wakker en nam haar in zijn armen. Ze sprong luxueus op haar rug, strekte haar klauwen, begon te spinnen, bedacht zich, en likte hem in plaats daarvan over zijn pols. Hij had de flipperset niet op, dus hun gedachten waren gesloten voor elkaar, maar in de hoek van haar snor en in de beweging van haar oren, ving hij iets op van de bevrediging die ze ervoer in hem als haar partner te vinden.

Hij sprak met haar in mensentaal, ook al betekende spraak niets voor een kat als de flipperset niet aan stond.

"Het is een verdomde schande, zo'n lief klein ding als jij rond te laten dwarrelen in de kilte van het niets om te jagen op ratten die groter en dodelijker zijn dan wij allemaal bij elkaar. Je hebt toch niet om zo'n gevecht gevraagd?"

Als antwoord likte ze zijn hand, spinde, kietelde zijn wang met haar lange pluizige staart, draaide zich om en keek hem aan, gouden ogen glimmend.

Een moment lang staarden ze elkaar aan, de mens op zijn hurken, de kat rechtop op haar achterpoten, haar voorste klauwen gravend in zijn knie. Menselijke ogen en kattenogen keken over een onmetelijkheid die geen woorden konden ontmoeten, maar die genegenheid overspande in één enkele blik.

"Tijd om in te stappen," zei hij.

Ze liep gedwee naar haar sferoïde draagmand. Ze klom erin. Hij zag er op toe dat haar miniatuurflipperset stevig en comfortabel tegen de basis van haar hersenen rustte. Hij zorgde ervoor dat haar klauwen opgevuld waren, zodat ze zich niet kon scheuren in de opwinding van de strijd.

Zachtjes zei hij tegen haar: "Klaar?"

Als antwoord stroopte ze haar rug zo ver op als haar harnas toeliet en spinde zachtjes binnen de grenzen van het frame dat haar vasthield.

Hij sloeg het deksel dicht en keek hoe het dichtingsproduct uit de naad sijpelde. Een paar uur lang werd ze in haar projectiel gelast tot een werkman met een korte snijboog haar zou verwijderen nadat ze haar plicht had gedaan.

Hij raapte het hele projectiel op en schoof het in de uitwerpbuis. Hij sloot de deur van de buis, draaide het slot, nam plaats in zijn stoel en zette zijn eigen flipperset op.

Nogmaals gooide hij de schakelaar om.

Hij zat in een kleine kamer, klein, klein, warm, warm, de lichamen van de andere drie mensen dicht om hem heen bewegend, de tastbare lichten in het plafond helder en zwaar tegen zijn gesloten oogleden.

Naarmate de flipperset warmer werd viel de kamer weg. De andere mensen hielden op mensen te zijn en werden kleine gloeiende hoopjes vuur, sintels, donkerrood vuur, met het bewustzijn van het leven brandend als oude rode kolen in een landelijke open haard.

Terwijl de flipperset wat meer opwarmde voelde hij de aarde vlak onder zich, voelde het schip wegglijden, voelde de draaiende maan die aan de andere kant van de wereld schommelde, voelde de planeten en de hete, heldere goedheid van de zon die de draken zo ver van de geboortegrond van de mensheid hield.

Eindelijk bereikte hij volledig bewustzijn.

Hij leefde telepathisch tot op een afstand van miljoenen mijlen. Hij voelde het stof dat hij eerder had opgemerkt hoog boven de ecliptica. Met een sensatie van warmte en tederheid voelde hij het bewustzijn van Vrouwe May in het zijne overvloeien. Haar bewustzijn was zo zacht en helder en toch scherp voor de smaak van zijn geest als was het geparfumeerde olie. Het voelde ontspannend en geruststellend. Hij kon voelen hoe ze hem verwelkomde. Het was nauwelijks een gedachte, slechts een ruwe emotie van begroeting.

Eindelijk waren ze weer één.

In een klein hoekje van zijn geest, zo klein als het kleinste speelgoed dat hij ooit in zijn kindertijd had gezien, was hij zich nog bewust van de kamer en het schip, en van Vader Moontree die een telefoon opnam en sprak met een kapitein van Go die de leiding had over het schip.

Zijn telepathische geest ving het idee op lang voordat zijn oren de woorden konden vormen. Het eigenlijke geluid volgde het idee zoals de donder op het strand van een oceaan de bliksem van ver over de zeeën naar binnen volgt.

"De gevechtsruimte is klaar. Klaar om te planoformen, meneer."

* * * *

4. Het Spel

Underhill was altijd een beetje geïrriteerd door de manier waarop Vrouwe May dingen beleefde voordat hij dat deed.

Hij was voorbereid op de snelle azijnopwinding van het planoformen, maar hij ving haar verslag op voordat zijn eigen zenuwen konden registreren wat er gebeurde.

De aarde was zo ver weg gevallen dat hij enkele milliseconden tastte voor hij de zon vond in de rechterbovenhoek van zijn telepathische geest.

Dat was een goede sprong, dacht hij. Op deze manier zijn we er in vier of vijf sprongen.

Een paar honderd mijl buiten het schip dacht de Vrouwe May terug aan hem: "Oh warme, Oh gulle, Oh gigantische man! Oh dappere, Oh vriendelijke, Oh tedere en reusachtige partner! Oh heerlijk met jou, met jou zo goed, goed, goed, warm, warm, nu om te vechten, nu om te gaan, goed met jou . . .

Hij wist dat zij geen woorden dacht, dat zijn geest het heldere beminnelijke gebrabbel van haar kattenintellect opnam en vertaalde in beelden, die zijn eigen denken kon opnemen en begrijpen.

Geen van beiden was verzonken in het spel van wederzijdse begroetingen. Hij reikte ver buiten haar waarnemingsbereik om te zien of er iets in de buurt van het schip was. Het was grappig hoe het mogelijk was om twee dingen tegelijk te doen. Hij kon de ruimte scannen met zijn flipperende geest en tegelijkertijd een zwervende gedachte van haar opvangen, een lieflijke, aanhankelijke gedachte over een zoon die een gouden gezicht had gehad en een borst bedekt met een zachte, ongelooflijk donzige witte vacht.

Terwijl hij nog aan het zoeken was, ving hij de waarschuwing van haar op. We springen weer!

En dat hadden ze gedaan. Het schip was naar een tweede planoform gegaan. De sterren waren anders. De zon was onmetelijk ver achter. Zelfs de dichtstbijzijnde sterren waren nauwelijks in contact. Dit was goed drakenland, dit open, akelige, holle soort ruimte. Hij reikte verder, sneller, voelde en zocht gevaar, klaar om de Lady May naar gevaar te gooien waar hij het ook vond.

Terreur laaide op in zijn geest, zo scherp, zo helder, dat het doorkwam als een fysieke ruk.

Het kleine meisje genaamd West had iets gevonden, iets immens, lang, zwart, scherp, hebzuchtig, afschuwelijk. Ze wierp er kapitein Wauw op af. Underhill probeerde zijn eigen geest helder te houden. "Kijk uit!" riep hij telepathisch naar de anderen, in een poging de Vrouwe May te verplaatsen.

In een hoek van het gevecht voelde hij de wellustige woede van kapitein Wauw toen de grote Perzische kater lichten liet ontploffen terwijl hij de stofstreep naderde die het schip en de mensen erin bedreigde. De lichten scoorden rakelings.

Het stof maakte zich plat en veranderde van de vorm van een pijlstraal in de vorm van een speer.

Nog geen drie milliseconden waren verstreken.

Pater Moontree sprak menselijke woorden en zei met een stem die bewoog als koude melasse uit een zware kruik: "K-a-p-i-t-e-i-n." Underhill wist dat de zin zou zijn: "Kapitein, schiet op!"

De strijd zou gestreden en beslist zijn voordat Pater Moontree uitgepraat was.

Nu, fracties van een milliseconde later, was de Vrouwe May rechtstreeks in lijn.

Hier kwam de vaardigheid en snelheid van de partners om de hoek kijken. Zij kon sneller reageren dan hij. Zij kon de dreiging zien als een immense rat die recht op haar af kwam.

Zij kon de lichtbommen afvuren met een discriminatie die hij zou kunnen missen.

Hij was verbonden met haar geest, maar hij kon het niet volgen.

Zijn bewustzijn absorbeerde de scheurende wond toegebracht door de buitenaardse vijand. Het was als geen wond op aarde-een rauwe, waanzinnige pijn die begon als een brandwond bij zijn navel. Hij begon te kronkelen in zijn stoel.

Eigenlijk had hij nog geen spier bewogen toen de Vrouwe May terugsloeg naar hun vijand.

Vijf gelijkmatig verdeelde fotonucleaire bommen schoten over een afstand van honderdduizend mijl.

De pijn in zijn geest en lichaam verdween.

Hij voelde een moment van woeste, verschrikkelijke, verwilderde opgetogenheid door de geest van de Vrouwe May gaan toen ze klaar was met haar moord. Het was altijd teleurstellend voor de katten om te ontdekken dat hun vijanden verdwenen op het moment van vernietiging.

Toen voelde hij haar pijn, de pijn en de angst die hen beiden overvielen toen het gevecht, sneller dan de beweging van een ooglid, was gekomen en gegaan. In hetzelfde ogenblik kwam de scherpe en zure steek van de planoform.

Opnieuw sloeg het schip over.

Hij kon Woodley horen denken. "Je hoeft niet veel moeite te doen. Deze ouwe rotzak en ik nemen het wel even over." Nog twee keer het getril, het hoppen.

Hij had geen idee waar hij was totdat de lichten van de Caledonia-ruimtehaven beneden hem oplichtten.

Met een vermoeidheid die de grenzen van het denken bijna overschreed, bracht hij zijn geest weer in contact met de flipperset, die het projectiel van de Lady May voorzichtig en netjes in de lanceerbuis bevestigde.

Ze was halfdood van vermoeidheid, maar hij kon de slag van haar hart voelen, naar haar gehijg luisteren, en hij ving het dankbare randje van een "Dank je" dat van haar geest naar de zijne reikte.

* * * *

5. De Score

Ze brachten hem naar het ziekenhuis in Caledonia.

De dokter was vriendelijk maar streng. "Je bent echt geraakt door die draak. Dat is de dichtste scheerbeurt die ik al ooit heb gezien. Het gaat allemaal zo snel dat het nog lang zal duren voor we wetenschappelijk weten wat er gebeurd is, maar ik veronderstel dat je nu wel klaar zou zijn voor het gekkenhuis als het contact enkele tienden van een milliseconde langer had geduurd. Wat voor kat had je voor je?

Underhill voelde de woorden langzaam uit zich komen. Woorden kostten zo veel moeite vergeleken met de snelheid en de vreugde van het denken, snel en scherp en helder, van geest tot geest! Maar woorden waren alles wat gewone mensen als deze dokter kon bereiken.

Zijn mond bewoog zwaar terwijl hij woorden uitsprak. "Noem onze partners geen katten. Het juiste ding om hen te noemen is partners. Ze vechten voor ons in een team. Je moet weten dat we ze partners noemen, geen katten. Hoe is de mijne?"

"Ik weet het niet," zei de dokter berouwvol. "We zullen het voor je uitzoeken. Ondertussen, oude man, doe het rustig aan. Alleen rust kan je helpen. Kun je jezelf in slaap brengen, of wil je dat we je een kalmerend middel geven?"

"Ik kan slapen," zei Underhill. "Ik wil alleen weten hoe het met Vrouwe May is."

De verpleegster kwam erbij staan. Ze was een beetje tegendraads. "Wil je niets weten over de andere mensen?"

"Ze zijn in orde," zei Underhill. "Dat wist ik al voordat ik hier binnenkwam."

Hij strekte zijn armen en zuchtte en grijnsde naar hen. Hij kon zien dat ze zich ontspanden en hem begonnen te behandelen als een persoon in plaats van een patiënt.

"Ik ben in orde," zei hij. "Laat me maar weten wanneer ik mijn partner kan gaan opzoeken."

Een nieuwe gedachte overviel hem. Hij keek de dokter verwilderd aan. "Ze hebben haar toch niet met het schip weggestuurd?"

"Ik zal het meteen uitzoeken," zei de dokter. Hij gaf Underhill een geruststellend kneepje in zijn schouder en verliet de kamer.

De verpleegster pakte een servet van een beker gekoeld vruchtensap.

Underhill probeerde naar haar te glimlachen. Er leek iets mis te zijn met het meisje. Hij wenste dat ze weg zou gaan. Eerst was ze vriendelijk geweest en nu was ze weer afstandelijk. Het is vervelend om telepathisch te zijn, dacht hij. Je blijft proberen te bereiken, zelfs als je geen contact maakt.

Plotseling zwaaide ze om naar hem.

"Stelletje flipperaars! Jullie en jullie verdomde katten!"

Net toen ze uithaalde, barstte hij in haar geest. Hij zag zichzelf als een stralende held, gekleed in zijn gladde fluwelen pak, de met flipperset kroon blinkend als oude koninklijke juwelen rond zijn hoofd. Hij zag zijn eigen gezicht, knap en mannelijk, dat uit haar gedachten straalde. Hij zag zichzelf heel ver weg en hij zag zichzelf zoals zij hem haatte.

Ze haatte hem in het geheim van haar eigen geest. Ze haatte hem omdat hij - dacht ze - trots was en vreemd en rijk, beter en mooier dan mensen zoals zij.

Hij sneed het zicht op haar geest af en terwijl hij zijn gezicht in het kussen begroef, ving hij een beeld op van Vrouwe May.

"Ze is een kat," dacht hij. "Dat is alles wat ze is, een kat!"

Maar dat was niet hoe zijn geest haar zag - snel voorbij alle dromen van snelheid, scherp, slim, ongelooflijk gracieus, mooi, woordeloos en niet veeleisend.

Waar zou hij ooit een vrouw vinden die met haar te vergelijken was?

SF

Het Verhaal van Rat en Draak
werd oorspronkelijk gepubliceerd in 1955 door
Cordwainer Smith.

———————

Dit boek werd geproduceerd voor
Speculatief Uitgeverij
door
Goran Lowie

.